DAS SCHLOSS IM GEBIRGE

MORITZ HARTMANN

Das Schloss im Gebirge

Von Genf kommend, sollte ich in St. Jean de Maurienne, am Fuße des Mont-Cenis, mit Herrn B... aus Paris zusammentreffen, um mit ihm über den Berg und nach Turin weiter zu reisen. Bei meiner Ankunft an diesem letzten Ende der Eisenbahn erkundigte ich mich sogleich beim Chef de gare nach meinem Reisegefährten. Er war nicht da. Ein Telegramm hatte gemeldet, daß er erst in zwei oder drei Tagen kommen könne, und mich gebeten, entweder die Reise allein fortzusetzen oder Herrn B... in St. Jean zu erwarten, und endlich den Chef de gare ersucht, mich freundlich aufzunehmen und mir alle möglichen Aufmerksamkeiten zu erweisen. Herr B... ist einer der großen Unternehmer und Eisenbahnkönige Frankreichs; auf dieser Eisenbahn hatte er als einer der ersten Verwaltungsräte noch besondern Einfluß, und so reichte das Telegramm hin, um mir die gesamte Beamtenwelt dieses Bahnhofes zur Verfügung zu stellen. Meine Anwesenheit in Turin war, wenn ich ohne B... dahin kam, nutzlos; ich verspürte wenig Lust, die Reise über den öden Mont-Cenis allein zu machen, und so beschloß ich, die durch das Ausbleiben meines Reisegefährten gewährte Frist zu benutzen, um diesen wilden und in seinen Seitentälern wenig bekannten Teil Savoyens kennen zu lernen.

Das Elend, das hier überall aus den erblindeten oder ganz und gar scheibenberaubten Fenstern der Hütten blickt, hat allerdings wenig Verlockendes, aber die Wildheit der Gegend, die gewaltigen Felsmassen, die Wildbäche, die aus geheimnisvollen Seitentälern hervorbrechen, Höhen und Schluchten, die unnahbar scheinen, und der ganze Apparat großartiger Alpennatur versprechen, wenn sie auch bei der Armut und Gedrücktheit der Menschen dem Herzen mit manchem schmerzlichen Eindruck drohen, doch vielfache Nahrung für Aug und Phantasie. Wer außerdem seinen Livius gelesen, wird sich leicht überreden, daß er sich hier auf dem Wege befindet, auf dem Hannibal die gewaltigsten Hindernisse zu bekämpfen hatte, und zu den andern Verlockungen tritt noch der allgewaltige historische Reiz. Ich gestattete dem behaglich eingerichteten Zimmer, das mir der Verwalter einräumte, nicht, mein Capua zu werden, und schon eine Stunde nach meiner Ankunft befand ich mich an der Seite eines an der Eisenbahn angestellten Eingeborenen auf der Wanderung.

Ungefähr eine halbe Stunde lang südwärts dem Bache entgegenwandernd, bogen wir dann rechts in ein Seitental ab, das mich mit seinen kahlen, abschüssigen, himmelhohen Felswänden anlockte. Der Bach brauste tief unter uns, während wir auf einem feuchten, nur einige Stunden im Jahre von der Sonne beschienenen Wege dahingingen. Die wenigen Pflanzen, die mit kümmerlichen Wurzeln an den Felsen hingen, sahen aus wie Kellerpflanzen. Der Weg selbst, zum großen Teil künstlich angelegt, war feucht und schlüpferig; über den sumpfigen Rissen, die ihn unterbrachen, lagen Balken, die, faul und verwittert, unter uns zusammen zu brechen drohten. Ein solcher Weg konnte nicht in einen glücklichen Winkel führen, und in der Tat mündete er auf ein Dorf, in dem sich Elend und Kretinismus brüderlich nebeneinander niedergelassen hatten. Ich will dieses Dorf nicht weiter beschreiben, ich hätte nur Häßliches, Abstoßendes, ja Schlimmeres zu sagen. Mein Führer sagte mir, daß wir uns hier in einem der Täler befinden, die alljährlich die größte Zahl von Knaben und Mädchen in die Welt schicken, damit sie in der Ferne, auf welche Art immer, ihr Brot suchen. Sie sehen ein, fügte er hinzu, daß diese Gegend nicht gemacht ist, auch nur eine dünne Bevölkerung zu ernähren, selbst die Ziegen sterben hier Hungers. –

Das sehe ich wohl ein, erwiderte ich, was ich aber nicht begreife, ist, daß sie überhaupt noch bevölkert ist, daß hier nicht längst alle Einwohner ausgewandert sind. – Ja, lachte der Mann, das ist eben unsere Narrheit, wir können ohne dieses Land nicht leben. Dieselben Kinder, welche die Eltern des Elendes wegen in die Fremde schicken, kehren in einem gewissen Alter wieder in die Heimat zurück, die einen arm, wie sie gegangen, die andern reich wie irgend ein Pariser – aber arm oder reich, sie kehren eben wieder; sie können ohne Savoyen nicht leben. Sie können sich selbst davon überzeugen. Sprechen Sie im nächsten Dorfe den ersten besten armen Mann an, und er wird Ihnen sagen, daß er zwanzig und dreißig Jahre in der Fremde, in Paris, Marseille, Brüssel zugebracht, und kaum eine Stunde von hier können Sie ein prächtiges Schloß sehen, das einem Manne gehört, der vor sechzig Jahren mit einem Murmeltiere als seiner ganzen Habe von hier fortgezogen. Es ist Monsieur Laurens, einer der reichsten Leute des Landes, er soll Millionen besitzen.

Gut! Führen Sie mich nach diesem Schlosse.

Die Schlucht erweiterte sich nach und nach, und wir kamen, immer steigend, in ein längliches Kesseltal, auf dem die Sonne lag und von dessen Sohle aus sich hübsche Matten ziemlich hoch die Abhänge hinan erstreckten. Überall sonst würde auch dieses Tal, in das von der Höhe kahle Felsen und kalte Schneeberge blicken, einen traurigen Eindruck gemacht haben, nach der Schlucht aber, die wir seit zwei Stunden durchwanderten, erschien es wie eine der glücklichen Inseln. Die angenehme Täuschung, die der Anblick dieses Tales hervorbrachte, und der Kontrast, den es mit der Schlucht bildete, dauerten freilich nicht lange, denn in dem Dorfe, das am Eingange lag, hauste nicht mindere Not als in der Schlucht, und das wenige Vieh, das auf den Wiesen weidete, war klein und verkrüppelt, als gehörte es der Tierwelt des Polarkreises zu. Überraschend aber und das Tal fürstlich beherrschend, blickte von einer Höhe hinter dem Dorfe ein prächtiges Schloß mit vier Türmen, unzähligen glänzenden Fenstern, einem hohen, steilen Dach, wie es dem Schloßstil aus der Zeit Heinrichs II. eigen ist, mit vielen und reichen Verzierungen auf diesem Dache, mit Balkonen, mit einer großen Hufeisentreppe, die sich von der dreifachen Türe des ersten Stockwerkes breit und groß in den Hof hinabzog, und endlich mit einem uralten Parke, der sich weit hinter dem Schlosse mit riesigen Bäumen sanft den Berg hinaufstreckte und für dasselbe einen schönen, abhebenden Hintergrund bildete. In ungleichen Entfernungen vom Hauptgebäude, aus dem dunkeln Schoße des Parks hervor blickten mehrere Pavillons mit hohen Dächern, Türmen oder Kuppeln.

– Dies ist das Schloß des Herrn Laurens! sagte mein Führer, als ich erstaunt stehen blieb und die unverhoffte Pracht mit weit offenen Augen betrachtete.

Es hatte etwas Zauberhaftes, dieser Pracht nach solcher Wanderung, in solcher Einsamkeit zu begegnen. So mag Montsalvatsch plötzlich vor den irrenden Rittern aufgetaucht sein. Ich beschleunigte meine Schritte, um dem herrlichen Bau rasch näher zu kommen, als ich bei einer Biegung nicht fern von einer Hütte stand, vor welcher auf einer Bank zwei alte Männer saßen, die ebenfalls auffallen mußten, denn sie sahen anders aus als die übrigen verkommenen Bewohner des Dorfes, anders in ihrer Kleidung wie in ihrem Wesen. Sie saßen sorgenlos da wie zwei Menschen, die der Arbeit nicht bedürfen, und waren auch so gekleidet, wie die andern gewiß nicht an höchsten Feiertagen sich kleiden konnten. Der eine, eine derbe, breitschultrige Greisengestalt, trug lange graue Locken, die in dichter Fülle auf eine reinliche, weiße, leinwandne Blouse herab fielen, und auf diesen Locken einen Panamahut, wie er damals in Paris Mode war. In der Hand hielt er eine Zeitung und plauderte so vor sich hin, während der andere immer bejahend mit dem Kopf nickte und lächelnd zuhörte. Dieser andere nahm sich neben der derben Blousengestalt doppelt schmächtig aus, und während bei dem Blousenmann eigentlich nur die grauen Haare sein Alter verrieten, sprach bei diesem alles und jedes vom Verfall eines hohen Greisentums. Er hielt einen alten Cylinderhut in der zitternden Hand und zeigte einen kahlen Schädel, der nur von wenigen ganz weißen Löckchen eingefaßt war. Sein Gesicht war zu einer erstaunlichen Kleinheit zusammengeschrumpft, was neben dem breiten, derben Antlitz des Blousenmannes noch mehr auffallen mußte. Überaus klein waren auch Hände und Füße, und mit diesen stimmte die schmächtige Gestalt überein, welche von einem zwar alten, aber sorgsam gebürsteten blauen Frack mit gelben Knöpfen wie zur Not zusammen und aufrecht gehalten wurde. – Und so wie die beiden sich von den übrigen Bewohnern unterschieden, so war auch die Hütte, vor der sie saßen, eine Ausnahme unter den Hütten des Dorfes. Sie war so klein und an sich so unbedeutend wie die andern, aber sie war mit hübscher grauer Ölfarbe überstrichen, mit Ziegeln gedeckt, und ihre Fenster hatten klare Scheiben, hinter denen weiße Gardinen hervorschimmerten. Auch hatte sie, was den andern fehlte, einen Flur, aus dem man rechts und links in die zwei Zimmer, die sie enthielt, durch niedrige, aber hübsch gezimmerte und bläulich angestrichene Türen gelangte.

– Der Herr dort in der Blouse, sagte mein Führer, ist Herr Laurens. – Der Besitzer des Schlosses? Unmöglich! Sie meinen wohl den andern im blauen Frack. – Der andere ist der Marquis von Villarson, das Schloß aber gehört Herrn Laurens. Ich ging auf Herrn Laurens zu und fragte, ob es erlaubt sei, das schöne Schloß zu besichtigen. Herr Laurens erhob sich sogleich, grüßte überaus freundlich und rief: – Warum denn nicht! Es wird mir eine Ehre sein! Warum denn nicht! Es wird mir eine Ehre sein! wiederholte der Marquis, der sich ebenfalls erhob und verneigte, mit einer schwachen und zitternden Stimme, die wie ein meckerndes Echo der gesunden und kräftigen des Herrn Laurens klang. Es war, wie ich später merkte, seine Gewohnheit, kurze Sätze des Herrn Laurens zu wiederholen; längere schienen ihm zu viel Mühe zu machen, und er begleitete sie nur mit einem: Ja, ja! oder einem bestätigenden Kopfnicken.

– Ich will selbst Ihren Führer machen, sagte Herr Laurens, und schon auf dem Wege zum Schloß wurde er sehr beredt, wie einer, der froh ist, nach langem einsamen Leben sich ein wenig aussprechen zu können. – Woher kommen Sie, fragte er unter anderm. – Aus Genf! – Aus Genf! das kenne ich auch, aber es muß sich, seit ich es gesehen, sehr verändert haben. Ich war acht Jahre alt, als ich dahin kam, nur mit meiner Vielle und meinem Murmeltier. Man hatte damals Angst, nach Paris zu gehen, denn es war die Zeit, da die Guillotine so gewaltig arbeitete. So ging ich denn nach Genf, als mein Vater starb. Aber dort war auch nicht viel zu holen; ich hungerte in Genf und wohnte in einem hohlen Baum auf dem Wege nach Sacconex. Möcht' wissen, ob er noch steht. Eines Morgens, als ich erwachte, war mein Murmeltier fort; das verbitterte mir den Aufenthalt, und ich zog trotz der Guillotine weiter nach Lyon und dann nach Paris. – Ja, ja, Paris! lächelte der Marquis, der sich Mühe gab, mit uns gleichen Schritt zu halten – ja, ja, die Guillotine! – Ich kenne eine alte hohle Platane auf dem Wege nach Sacconex, versicherte ich, vielleicht ist es dieselbe –

– Richtig, eine Platane war es, rief Laurens – wie schade, daß man so einem Baume keine Pension aussetzen kann.

– Es ist doch ein großer Unterschied zwischen der Platane und diesem Schloß! sagte ich.

– Ei was, erwiderte Laurens achselzuckend, das ist nicht so arg.

– Aber eigentümlich ist es doch, so aus der hohlen Platane in ein solches Schloß zu gelangen.

– Das ist es, weiß Gott, bestätigte der Alte, und ich kann es mir kaum selbst erklären, obwohl ich die Geschichte dieses Wunders am besten kennen muß.

– Es muß eine sehr interessante Geschichte sein, sagte ich ausholend.

– Nun, ist auch wieder nicht so arg, als man meint, lächelte Herr Laurens – etwas Glück, ein klein wenig Verstand, Gottes Segen – und, fügte er leiser hinzu – ein gutes, kluges Weib. Aber am Ende, aufs Schloß kommt es nicht an, man kann auch ohne Schloß leben. Es kann sehr langweilig sein in einem solchen Schloß.

Im Schloßhof angekommen, machte mir das Gebäude mit einem Male einen unheimlichen Eindruck, und zwar gerade seiner Pracht und Schönheit wegen, denn gerade mit diesen Eigenschaften und mit der außerordentlichen Reinlichkeit, die hier überall herrschte, vertrug sich die Verlassenheit und Öde des Ganzen am wenigsten. Überall sah man die ordnende, sorgende und erhaltende Hand, aber nirgends war ein Mensch zu sehen. Fenster, Treppen, Erker, Balkone, alles leer und unbelebt; im Hof und in den Nebengebäuden, geschaffen, um von zahlreicher Dienerschaft bevölkert zu werden, keine Seele. Wir stiegen die Treppe hinauf, und die Flügeltüren, die von da in einen gewaltig hohen und großen Saal führten, waren unverschlossen und wichen einem einfachen Drucke. Die Schritte widerhallten in diesem Saale und in den zahlreichen Zimmern, die wir durchwanderten – es war unendlich öde und einsam – aber Staub, Moder, Spinneweben, die zu dieser Einsamkeit gepaßt hätten, fehlten überall. Alles war so gut und sorglich gehalten, als sollte die Herrschaft eben einziehen – und wie ordentlich und reinlich, so prächtig waren auch Schmuck und Hausrat: kostbare Möbel jeder Art, Seiden- und Ledertapeten, Holzgetäfel und Schnitzereien, Ölgemälde und Kupferstiche, selbst schön bemalte, im Stil des 17. Jahrhunderts gehaltene Plafonds. Auf meine Verwunderung über die Einsamkeit antwortete Herr Laurens mit einem Achselzucken und einem verhaltenen Seufzer; meine Bewunderung der Pracht nahm er mit Gleichgültigkeit hin und ging durch die Gemächer ruhig wie ein Führer, während der Marquis jedes meiner lobenden Worte mit beifälligem Lächeln aufnahm, freudig dazu den Kopf schüttelte und stolz neben mir einherschritt.

– Wer hält Ihnen das alles so in Ordnung? fragte ich Herrn Laurens.

– Das ganze Dorf, antwortete er; die armen Leute haben nichts zu tun und sind froh, wenn ich sie beschäftige.

– Sie haben also keine Dienerschaft?

– Ebenfalls das ganze Dorf, sagte er und fügte hinzu: Ich habe wohl bemerkt, daß Sie sich über die Stille im Schlosse verwunderten. Machen Sie mir das Vergnügen, seien Sie mein Gast und bleiben Sie über Nacht hier – so will ich Ihnen das Schauspiel geben, wie sich alles hier belebt und wie es in einer halben Stunde hier von Bedienten wimmelt. Ich überlegte eine Zeitlang, Herr Laurens drang in mich, und ich sagte zu. Darauf ging er auf die Plattform vor der Treppe und pfiff, dann zog er eine Glocke über der Treppe, daß es im ganzen Tale widerhallte. Nicht eine Minute verging, und Männer und Weiber eilten aus dem Dorfe herbei. Herr Laurens wartete, bis sie nahe genug waren, dann rief er ihnen zu: Ich habe heute abend einen Gast; daß alles bereit sei! – Darauf lud er mich ein, die Wanderung fortzusetzen.

Wir durchstrichen den Park, besahen die Pavillons und bestiegen mehrere schöne Aussichtspunkte. Als wir nach ungefähr einer Stunde ins Schloß zurückkehrten, hatte sich hier alles wie durch Zauber verändert. Eine Reihe von Zimmern erwartete mit hellerleuchteten Fenstern den nahen Abend, der hier rasch hereinbricht; auch an allen Eingängen und im Hofe brannten alte, große Laternen; aus dem Souterrain stiegen Speisedüfte auf, und wohin man sah, überall erblickte man wartendes oder hin und her eilendes, teils in Livree, teils in bäuerlichen Sonntagsstaat gekleidetes Volk. Es war wie eine kleine Hofhaltung. Der ewig lächelnde und schweigende Marquis reckte und streckte sich und fühlte sich offenbar sehr wohl. Am anspruchlosesten und einfachsten in der plötzlich geschaffenen luxuriösen Welt sah der Besitzer selber aus. – Noch schöner und prächtiger wurde es, als die Sonne gänzlich hinter den hohen Bergen verschwand, dichte Dunkelheit eintrat und zu den vielen Laternen noch andere und dazu noch eine Reihe von kienholzgefüllten Eisenkörben vor dem Schlosse angesteckt wurden und in hohen Flammen aufwallten.

– Das ist ein wahres Fest für die Leute, sagte mein Wirt, als ich mit ihm betrachtend auf der Plattform stand, wenn sie solch ein Spektakel bereiten können. Sie sind auf meinen Reichtum stolz, als wäre es der ihre, weil ich zu ihnen gehöre. Sie sehen ihn gern auch deshalb, weil mancher von ihnen denkt, so wie dieser Laurens kehrt vielleicht mein Kind einmal als Millionär aus Paris zurück. Ich bin ja nicht der erste, der als Betteljunge fortgezogen, um als Millionär heimzukehren. Der Marquis seufzte. Laurens sah sich um und sagte: Nicht traurig sein, Herr Marquis! – Nicht traurig sein, Herr Marquis! wiederholte dieser und lächelte wie früher und nickte mit dem Kopfe. Ich sah ein, daß es mir nicht schwer sein würde, die Geschichte der beiden eigentümlichen Alten zu erfahren, und vertröstete mich auf das Nachtessen, das für uns bereitet wurde und das wir gemeinschaftlich einnehmen sollten. Ein schwarzgekleideter Mann mit weißer Kravatte erschien bald und kündigte an, daß das Essen bereit sei. Wir gingen durch eine Reihe schöner Gemächer, in ein kleines, rundes, mit Stukkaturarbeiten geschmücktes Eckzimmer, wo uns ein elegant servierter Tisch erwartete. – Das sind wohl Ihre Zimmer? fragte ich Herrn Laurens. – Meine Zimmer? – Nein! ich wohne unten im Dorfe, in der Hütte, vor der Sie mich gesehen, zur Miete beim Herrn Marquis.

Der Marquis lächelte und bestätigte: Ja, ja, zur Miete bei mir, dem Herrn Marquis. Als wir uns zu Tische setzten, bemerkte ich, wie Herr Laurens dem Bedienten, der uns eingeführt, mit strenger Miene ein Zeichen machte, das ein Verweis sein sollte. Sogleich eilte dieser aus dem Zimmer und kam mit einem andern Diener in prächtiger Livree zurück, der sich hinter dem Stuhle des Marquis aufstellte. – Vom Essen sage ich nur – um nicht einen Speisezettel anführen zu müssen – daß es vortrefflich war und daß es von Leuten serviert wurde, denen man eine mehrjährige Dienstzeit zu Paris als Kellner und Aufwärter ansah. Den Speisen und der Bedienung entsprechend waren die edlen Weine, die in zweckmäßiger Abwechslung auf einander folgten. Den besten Appetit bewährte der alte Marquis, der sich durch unsere Gespräche nicht stören ließ, nur von Zeit zu Zeit bejahend mit dem Kopfe nickte und sich manchmal benahm, als wäre er unser Wirt, eine Illusion, in der ihn dann Herr Laurens immer zu bestärken suchte. Ich begriff die Ursache dieser Handlungsweise und zum Teil das ganze Benehmen Laurens' gegen den Marquis, als ich fragte, ob das Schloß nicht einen besondern Namen habe, und dieser rasch antwortete: Chateau Villarson. Der Marquis war also offenbar der frühere Besitzer, glaubte es manchmal noch zu sein, und Herr Laurens wollte in solchen Momenten die süße Täuschung nicht stören.

Nachdem verschiedene Weinsorten an uns vorübergegangen, neigte der arme Marquis den Kopf auf die Schulter und schloß die glänzenden Augen, die eigentlich noch das einzige Lebende an ihm waren und ohne deren Glanz man es nicht geglaubt hätte, daß noch ein Fünkchen menschlicher Vernunft in diesem kahlen und alten Schädel brannte. Er dämmerte von nun an so hin zwischen Träumen und Wachen, und seine Erscheinung wurde noch traumhafter als zuvor. Mein Wirt hingegen, der viel mäßiger im Genusse der Speisen wie der Getränke gewesen, wurde desto lebhafter und mitteilsamer, und da ich in demselben Grade zudringlicher wurde, bekam ich, während draußen die Flammen in den Körben immer tiefer brannten, seine Geschichte zu hören, in deren Erzählung er sich selbst durch die Diener nicht stören ließ, die ab- und zugingen.

Als die Franzosen, so begann Herr Laurens, aus diesem Lande eine Republik machten, welche sie die allobrogische nannten, wurde hier trotz aller guten Absichten die Not größer als je. Wir hatten Einquartierungen und sollten fremde Soldaten ernähren, während wir selbst kaum das Brot hatten. Viele Savoyarden flüchteten sich aus Paris zurück in die Berge, und die Zahl der Verzehrenden wurde größer, während die Zahl der Arbeitenden und Erwerbenden immer kleiner wurde, da die rüstige Jugend in den Krieg zog. Dazu kam, daß der reiche Adel, von dessen Tisch früher manche Brosamen für die Armen abfielen, jeden Nichtadligen als Feind zu betrachten anfing und dem Volke, das er aushungern und, wie er dachte, zur Unterwerfung zwingen wollte, jeden Abfall von seinem Überfluß entzog. Die Herren, die in Chambéry in der Kirche als Vertreter der allobrogischen Republik saßen, berieten vielerlei, aber dem Elende der Zeit konnten sie nicht abhelfen – und wie zu Anfang der Revolution die Savoyarden aus Paris zurück eilten, so begann jetzt die Auswanderung in weit größerem Maßstabe. Ich war kaum zehn Jahre alt, als ich ausgerüstet mit einem Murmeltier und dem Segen der Mutter auf die Wanderschaft ging; neben mir ging ein Mädchen, ein Waisenkind, Louison hieß sie, die meinem, des zehnjährigen Knaben Schutze vertraut war. Ihre Ausrüstung war eine Vielle, die sie von ihrer Mutter geerbt hatte. Meine Mutter begleitete uns bis St. Jean de Maurienne, und wir weinten alle drei. Auf dem Wege dahin begegneten wir dem zwölfjährigen Sohn unserer Herrschaft, dem jungen Marquis von Villarson, hoch zu Roß. Die Mutter befahl uns, dem jungen Seigneur pflichtgemäß Lebewohl zu sagen. Wir taten es mit Zagen, denn der junge Marquis war als ein wilder, umbarmherziger Knabe verrufen, und ich sowohl wie Louison hatten schon manche Püffe von ihm empfangen.

– Ja, ja, unterbrach hier der alte Marquis den Erzähler, der junge Villarson war ein wilder, unbarmherziger Knabe. – Er war es, lächelte Herr Laurens, indem er ihm die Hand entgegenstreckte, aber er wurde ein guter Mann. – Er wurde ein guter Mann, bestätigte der Marquis, ohne die Augen zu öffnen. – Sprechen Sie vom Marquis? fragte ich. – Von diesem, der hier sitzt, erwiderte Herr Laurens – man darf von ihm sprechen wie von einem Abgeschiedenen. – Wie von einem Abgeschiedenen! wiederholte der Marquis wie früher. – Der junge Marquis, fuhr mein Wirt fort, ließ uns nicht zu Worte kommen. Ah, Canailles, rief er uns entgegen, geht ihr nach Paris zu Robespierre, um Jakobiner zu werden und mit den Franzosen zurückzukommen und uns unsere Schlösser zu nehmen? – Verzeihen Eure Gnaden – fiel ihm meine Mutter in die Rede, aber Louison ließ sie nicht weiter sprechen, und böse über seine Bosheit rief sie darein: Ja, Herr Marquis, wir gehen hin, um in Ihr Schloß zurückzukehren und Sie daraus zu vertreiben. – Canaille! Canaille! wiederholte der junge Marquis. – Anstatt die armen Kinder zu schimpfen, sagte meine Mutter, sollten Sie als unsere Herrschaft ihnen einen Zehrpfennig auf den Weg geben. Zehrpfennig? den sollen sie haben! rief der wilde Knabe, sprengte auf uns los und schlug mich und mehr noch Louison mit der Reitpeitsche auf Rücken und Gesicht. Ich wollte mich auf ihn stürzen, aber der Bediente, der mit ihm war, warf mich mit seinem Pferde um. Darauf ritten beide im Galopp weiter. Ich war beschämt und ergrimmt, Louison, die ich so sehr lieb hatte und die meinem Schutze empfohlen war, vor mir mißhandelt zu sehen, ohne helfen und sie rächen zu können. Tränen der Wut stürzten aus meinen Augen, während auch meine Mutter weinte; aber Louison tröstete uns. Wir gehen jetzt in die Welt, sagte sie, und ich schwöre es, wir wollen es noch dahin bringen, daß wir den bösen Marquis aus seinem Schlosse drängen; dann wollen wir ihn an die Schläge erinnern. – Ach, es war eine starke Seele, meine Louison, und mein Leben lang hat sie mehr mich beschützt, als ich sie.

Ich habe Ihnen schon gesagt, daß wir aus Furcht vor der Guillotine, die übrigens damals gar nicht mehr arbeitete, nicht nach Paris, sondern nach Genf gingen. In der bewußten Platane schlief ich nicht allein, sondern mit Louison.

Als die Not groß wurde, sagte Louison: Ach, wer wird sich auch vor der Guillotine fürchten; die schlägt nur Aristokraten den Kopf ab. Wir sind keine Aristokraten, gehen wir nach Paris. Und so gingen wir nach Paris.

Die damalige Welt hatte wenig für Savoyarden übrig, und es ging uns herzlich schlecht. Ich wäre wohl zehnmal verhungert, wenn mir nicht Louison immer ein Stück Brot zu verschaffen gewußt hätte; ihren schönen, braunen Augen konnte niemand widerstehen, und sie tanzte so schön, daß sie immer einige Sous zusammenbrachte, genug, um sie und mich zu ernähren. Indessen – Sie kennen ja das Leben der Pariser Savoyardenkinder – wozu soll ich Sie mit einer langen Beschreibung langweilen? Wir schliefen à la belle étoile, wir aßen oder wir aßen auch nicht ein Stück trocknen Brotes, und so verging eine schöne Zeit, und wir wuchsen trotz allem Elend rüstig darauf los. Eines Tages, während eines heftigen Schneegestöbers, suchte ich unter der Einfahrt eines großen Hauses Schutz, und da das schlechte Wetter nicht aufhören wollte, legte ich mich in einen Winkel und entschlief Es war schon später und dunkler Abend, als ich mich sanft geweckt fühlte und eine Frau mit freundlichem, lächelndem Gesichte vor mir stehen sah. Sie lud mich ein, ihr zu folgen, was ich gerne tat, da ich auf ein gutes Nachtessen hoffte. Sie ging voran, ich folgte, bis sie nach einer ziemlich langen Wanderung in der Rue Pépinière eine Hausglocke zog. Der Portier öffnete und empfing die Dame mit vieler Untertänigkeit. »Die Frau Gräfin«, sagte er lächelnd, »haben eine gute Jagd gehabt.« Sie antwortete nicht und führte mich drei Treppen hinauf in ein großes Zimmer, wo unter dem Vorsitz eines ältern Herrn an zehn Knaben um einen Tisch saßen und mit Appetit ein einfaches Nachtessen verzehrten. Mit Erstaunen erkannte ich unter den Knaben mehrere als Landsleute und Kollegen, die noch vor kurzem wie ich die Straßen durchzogen oder als Schornsteinfeger fungiert hatten. Ich überzeugte mich bald, daß sämtliche diese Knaben Savoyarden waren. Ich will Ihnen das Rätsel in wenigen Worten lösen.

Gräfin Montarcy wurde unter der Schreckensherrschaft verdächtig, mit der Armee der Emigranten korrespondiert zu haben. Sie sollte verhaftet werden und eine Verhaftung unter solchem Verdachte war damals so viel wert wie ein Todesurteil. Ein Savoyarde, der bei ihr als Portier diente, rettete sie, indem er einen Mann des Gesetzes niederschlug, den andern Gerichtsbeamten im Hofe einsperrte, sich mit seiner Herrschaft in den Straßen verlor und ihr dann, nachdem er sie in die Kleider seiner Schwester gesteckt, aus Paris verhalf. Mad. de Montarcy entkam glücklich nach London. Unter dem Direktorium kehrte sie nach Frankreich zurück und setzte jetzt die Bemühungen fort, die sie schon von England aus eingeleitet hatte, ihren Retter aufzusuchen und etwas über sein Schicksal zu erfahren. Er war in Frankreich zurückgeblieben, da seine Gesellschaft den Verfolgern der Gräfin deren Entdeckung erleichtert hätte, denn er war ein riesiger und in seiner Gestalt auffallender Mann. Die Gräfin erfuhr nur zu bald, wie ihr Retter geendet hatte. Er ersetzte sie auf dem Schafotte. Da er keine Anverwandten hatte, denen sie hätte Wohltaten erzeigen können, beschloß sie, ihre Dankbarkeit an den Savoyardenkindern zu beweisen, die, wie jener, nach Paris gekommen, unwissend und hülflos allem Elend preisgegeben sind und sie mietete eine Wohnung, groß genug, um zehn oder zwölf Knaben zu beherbergen, die sie in den Straßen auflas, und denen sie einen würdigen Mann vorsetzte, der für ihr leibliches wie geistiges Wohl sorgen sollte. Die Kinder waren da gut aufgehoben, und sobald durch den Abgang des einen ein Platz frei wurde, ging, wie es der Portier dieses Hauses nannte, die gute Gräfin auf die Jagd aus, um ein neues aufzutreiben. Diese Freude, die Kinder selbst herbeizuschaffen, ließ sie sich nicht nehmen. Bei all dem aber war sie nichts weniger als reich, ihre Güter waren konfisziert und verkauft worden, und sie besaß nur die kleinen Reste eines großen Vermögens. Von diesen gönnte sie sich selbst nur den kleinem Teil, den größeren wendete sie ihrer Anstalt zu. Daher kam es auch, daß sie den Aufenthalt in der Anstalt keinem Knaben länger als zwei oder drei Jahre gestattete, gerade die Zeit, die er bedurfte, um ordentlich schreiben, lesen, rechnen und dergleichen zu erlernen, was zum Fortkommen in der Welt unumgänglich notwendig ist; dann mußte er andern Platz machen, damit sie derselben Wohltat teilhaft werden. Dabei war auch noch ein Restchen Aristokratie im Spiele, denn Mad. de Montarcy war der Meinung, daß bei Kindern unserer Klasse der Unterricht nicht über das Notwendigste hinausgehen dürfe, daß etwas mehr Wissen aus unseresgleichen nur Revolutionäre mache. Nun, die gute Frau hat durch die Revolution zu viel gelitten, und sie hatte ein Recht, sie zu fürchten. Nicht ich, der ich ihr so viel zu danken hatte, werde mit ihr rechten.

Mit dem Nachtessen, das mich empfing, war ich sehr wohl zufrieden, noch mehr mit dem guten Bette, darin ich köstlich schlief, während es draußen schneite und stürmte. Mein erster Gedanke, als ich des Morgens erwachte, galt meiner Louison und dem Bedauern, daß sie die so böse Nacht, der Himmel weiß wo? und wie? zugebracht; dann fühlte ich mich wie ein Gefangener und sehr unglücklich darüber, daß ich von Louison getrennt sein sollte. Der Lehrer stellte mir in eindringlichen Worten vor, welches Glück, von Gott gesandt, es sei, daß ich in die Anstalt gekommen, und welchen Nutzen es mir bringen werde, wenn ich da etwas lernte. Vergebens! ich schämte mich wohl, einzugestehen, daß ich vorzugsweise eines Mädchens wegen wieder ins Elend hinaus und alle die Wohltaten von mir weisen wollte; aber ich blieb dabei, daß ich fort müsse. Solche Widersetzlichkeit war dem Lehrer nicht neu, da sie bei den meisten neuen Zöglingen vorkam, die, an das herumstreifende Leben gewöhnt, sich anfangs immer unbehaglich fühlten. Man übte in der ersten Zeit einen leisen Zwang, vertröstete von einem Tage zum andern, bis endlich der Junge freiwillig in der Anstalt blieb. So ging es auch mir, ohne daß sich meine Sehnsucht nach Louison vermindert hätte, und durch Wochen war ich wohl der traurigste Geselle der ganzen Anstalt und ging es auch mit dem Lernen schlecht vorwärts, bis mir mit einem Male die Erlösung kam und zwar von Louison selbst. Eines Tages scholl plötzlich vom Hofe herauf ein liebes Lied aus der Heimat, das mir eben so bekannt war als die Stimme, die es sang. Mit drei Sätzen war ich im Hofe, und ehe sie mich gesehen, lag ich weinend am Halse Louisons. – Habe ich dich endlich, rief sie, ebenfalls weinend; seit Wochen ziehe ich so von einem Hause zum andern – an keinem einzigen bin ich vorübergegangen – und überall singe ich nur dieses eine Lied. Ich wußte wohl, du kommst aus deinem Verstecke hervor, sobald du das Lied zu hören bekommst. – Ich erzählte ihr, was mit mir geschehen, und kündigte ihr den Entschluß an, sofort aus der Anstalt zu entwischen und mit ihr weiter zu ziehen, wie ehemals. – Sie freute sich darüber, aber nur einen Augenblick. Bald legte sie ihr Gesicht in ernste Falten, sprach mir von der herrlichen Wohltat, die mir da geschehe, und setzte mir sehr klug auseinander, wie ich in der Anstalt aushalten und so viel als möglich lernen müsse. »Siehst du«, sagte sie nach einer längeren und weisen Rede, »das ist nur der Anfang, und du wirst gewiß ein großer und reicher Mann. Wenn man was gelernt hat, geht alles leichter und schneller. So wird man ein Monsieur. Und ich sage dir, es ist ganz gewiß, daß wir als sehr reiche Leute in unser Dorf zurückkommen, und daß wir uns dort ein sehr schönes Schloß bauen – es ist sogar möglich, daß wir das Schloß des Marquis kaufen und dann leben wie geborene Marquis.« – Ja, ja, das Schloß des Marquis kaufen, – murmelte hier der Marquis, die Erzählung des Herrn Laurens unterbrechend.

Herr Laurens ließ sich nicht stören und fuhr fort: Sie müssen wissen, daß es von dem Augenblicke an, da uns der junge Marquis in der Stunde unseres Abschiedes von der Heimat gepeitscht hatte, bei Louison ausgemachte Sache war, daß wir als reiche Leute in unser Tal zurückkehren, uns daselbst ein Schloß bauen müssen, so schön wie das des Marquis, oder noch besser, daß wir den Marquis aus seinem eigenen Schlosse verdrängen müssen. Mit diesem Gedanken tröstete sie sich in allem Elend, auf diesen Gedanken kam sie bei jeder Gelegenheit zurück – und wie kindisch er auch war, er wurde stärker und mächtiger in ihr, je größer sie wurde. Sie war ein herzensgutes Geschöpf, aber die Hoffnung, den Marquis mit einem gleich schönen Schlosse in demselben Tale zu ärgern oder gar in sein eigenes Schloß einzuziehen, hätte sie nicht so leicht für ein anderes Glück ausgetauscht. Mit diesen Träumen ging der meine, daß wir uns einst heiraten und jenes Glück gemeinschaftlich genießen werden, Hand in Hand. Es wurde Louison um so weniger schwer, mich von meinen Fluchtgedanken abzubringen und zu treuem Ausharren in der Anstalt wie zu fleißiger Arbeit zu ermuntern, als sie versprach, so oft als möglich wieder zu kommen.

Sie hielt Wort. Jede Woche an einem gewissen Tage, zu einer bestimmten Stunde erscholl ihr Lied und ertönte ihr Instrument im Hof, und manchmal bereitete sie mir eine Überraschung, indem sie auch plötzlich an einem andern als dem gewohnten Tage erschien. Es wurde mir dann auch erlaubt, zu ihr, als dem Kinde desselben Dorfes, hinabzusteigen und in der Wohnung des Portiers ein angenehmes Stündchen zu verplaudern. Es war eine glückliche Zeit, und ich fing damals an, zu fühlen, daß ich ohne Louison nicht leben könnte, und zugleich bemerkte ich, daß sie von Woche zu Woche schöner wurde. Ich wußte es nachher, daß ich sie damals mit Liebe zu lieben begann; aimer d'amour, wie wir zu sagen pflegen. Wir standen eben an der Türe des Jünglings- und Jungfrauenalters. Klug und brav, wie Louison war, fühlte sie ebenfalls, daß sich die Zeiten ändern, und eines Tages kündigte sie mir plötzlich an, daß sie nicht mehr auf dieselbe Weise als herumziehende Sängerin in den Hof kommen und daß sie dem Instrument, dem Liede und auf einige Zeit auch mir Lebewohl sagen wolle. – Schau, sagte sie, ich werde groß und auch hübsch, da schickt es sich nicht mehr, daß ich so durch die Straßen von Paris ziehe. Ich habe schon manches erfahren, was mich belehrt, daß ich auf andere und anständigere Weise mein Brot verdienen muß. Ich werde einen Dienst suchen.

Was sich Louison vornahm, das führte sie auch aus. Sie fand einen Platz bei einer reichen Dame, und da sie sich sehr anstellig zeigte, ernannte sie diese bald zu ihrer Kammerjungfer. Ich durfte sie jeden Sonntag besuchen, und sie, wie sie alles benützte, wollte auch, daß diese Besuche nicht nutzlos für sie seien, und ich mußte sie lehren, was ich in der Anstalt selbst gelernt hatte. »Denn«, sagte sie, »ich muß ja schreiben und lesen können, um, wie es sich schickt, in unserm Schlosse Briefe zu schreiben und Bücher zu lesen.« Das Schloß! immer das Schloß! – Sie lernte rasch, und je älter wir wurden, desto mehr Zeit blieb uns während der Unterrichtsstunden für unsere Liebe. – Ich blieb länger als drei Jahre in der Anstalt, da ich nach Verlauf dieser Frist zu einer Art von Unterlehrer ernannt wurde, und der Himmel weiß, wie lange es noch so gleichförmig fortgegangen wäre, wenn uns nicht plötzlich die Umstände an »unser Schloß« erinnert und wenn ich nicht eingesehen hätte, daß ich Louison, die von Haus aus meinem Schutze empfohlen war, in eine gesicherte Lage bringen mußte.

Wir waren im Kaiserreich, Paris hatte wieder einen Hof, und was von altem Adel war, wurde an diesem Hofe der Emporkömmlinge mit Freuden aufgenommen. Der Marquis von Villarson, derselbe, der uns geschlagen hatte, war einer der schönsten und glänzendsten Kavaliere dieses Hofes; man schmeichelte ihm, man hätschelte ihn, und er durfte sich vieles erlauben. Der savoyische Adel gehört ja zum ältesten und anerkanntesten Europas, und Napoleon – Ja, ja, Napoleon! rief hier wieder der alte Marquis dazwischen, öffnete die Augen und leerte ein Glas Marsala. So unterbrochen, nahm Herr Laurens den Satz nicht wieder auf, sondern blickte den träumenden Greis lange an, seufzte und sagte dann: Was ist ein Menschenleben! und Glanz und Jugend und Schönheit! Sehen Sie den Herrn Marquis an! Wir dürfen in seiner Gegenwart von ihm sprechen, denn er ist ein großer Philosoph geworden und betrachtet sich seit Jahren, als wäre er nicht er selber, sondern irgend ein dritter, dessen Geschichte er nur sehr gut kennt. Dieser Herr Marquis hatte Glanz, Jugend, Schönheit, und er war es, der mir Louison entreißen wollte und gerade in einer Zeit, da meine Liebe in vollster Blüte stand. Sie war schön – – Sie war schön! wiederholte der Marquis, aber diesmal weniger als Echo, sondern mit einem selbständigen Ausdruck tiefster Überzeugung und mit einem Lächeln, das wie ein Glanz von Jugend über sein verwittertes Antlitz flog. – Sie war schön, sie war anmutig, fuhr Laurens fort, nachdem er eine Zeitlang vergebens gewartet hatte, ob nicht der Marquis seinem Lobe etwas hinzufüge, sie war neunzehn Jahre alt, und jeder Zug ihres Gesichtes sprach von Verstand und Güte zugleich. – Verstand und Güte zugleich! wiederholte der Marquis.

Herr Laurens streckte ihm über den Tisch die Hand entgegen, er aber hatte die Augen geschlossen und sah es nicht. Laurens zog die Hand wieder zurück und sagte: Wir waren jung und sind alt geworden; wir waren Feinde, weil wir dieselbe liebten, jetzt sind wir Freunde, eben weil wir dieselbe liebten. Er kam ins Haus der Vicomtesse ~..., bei der Louison diente, er verliebte sich in Louison, er verfolgte sie, ich blieb ruhig. Er bot ihr seine Hand an, ja, ja, er wollte sie heiraten, obwohl sie nur Kammerjungfer war, ich war immer noch ruhig. Aber einmal, da ihre Dame sich in seiner Gegenwart von Louison einige unserer Volkslieder vorsingen ließ, fand der Marquis, daß sie zu einer großen Sängerin geboren sei, daß sie eine wunderschöne Stimme und viel Talent habe und daß sie als Sängerin eine große Carriere machen könnte. Da fing sie Feuer. Die Geschichte der »Fanchon«, die ebenfalls eine Savoyardin gewesen sein soll, die damals auf dem Theater aufgeführt wurde und in aller Munde war, trug noch dazu bei, ihren Kopf zu erhitzen, und sie bildete sich ein, eine zweite Fanchon zu sein. Der Weg zur Million, der allerkürzeste, und in das »Schloß« war gefunden. Das waren böse Zeiten. Umsonst stellte ich ihr vor, daß ich nie und nimmer eine Theaterprinzessin heiraten würde, selbst wenn sie mir eine Million mitbrächte, und daß mir die arme Kammerjungfer viel lieber sei; sie meinte, daß ich sie gewiß und um so lieber heiraten werde, wenn ich mich nur erst überzeuge, daß sie als Millionärin und gefeierte Sängerin eben so tugendhaft und treu bleibe, wie sie es als Kammerjungfer gewesen. Da ich aber auf meiner Ansicht beharrte, nichts von der Sängerin, von ihren Millionen und ihrem Schloß wissen wollte, wandte sie sich mit ihrem Vertrauen der Vicomtesse zu, die mit dem Marquis einverstanden war, und vergaß nach und nach den Groll, den sie seit Jahren gegen diesen hegte. Der Marquis glaubte nun sein Spiel gewonnen und traf demgemäß seine Anstalten. Ich aber war auch nicht untätig und beobachtete den jungen Herrn um so eifriger auf Schritt und Tritt, je schweigsamer und zurückhaltender Louison gegen mich geworden. Um das ohne Störung tun zu können, verließ ich die Anstalt für immer, ohne übrigens zu wissen, wie ich mich künftig durchschlagen würde. Aber was lag mir daran, mein Hauptziel war jetzt, der verblendeten Geliebten die Augen zu öffnen und ihren Verführer bei nächster Gelegenheit zu züchtigen, auf das Furchtbarste zu züchtigen. Ich schrak vor keinem Gedanken zurück und sagte mir, daß ich ihn im gegebenen Falle auch totschlagen könnte. Und nachdem ich so durch einige Wochen dem Marquis wie ein Spion gefolgt war, holte ich eines Tages Louison ab und bat sie, mit mir einen Spaziergang zu machen. Sie meinte, ich sei nun mit dem Gedanken an ihre glänzende Laufbahn versöhnt, und sprach mir auf dem Wege von nichts anderem, als von dem Glücke, das uns beide erwarte, und wie wir uns früher, als wir je hätten träumen dürfen, in unser »Schloß« zurückziehen würden. Ich schwieg und ging immer weiter, bis wir auf die Höhen jenseits der Rue St. Lazare ankamen, wo damals noch viele einzelne Pavillons in großen Gärten standen. Ich trat in einen dieser Pavillons, und man ließ mich ungehindert eintreten, da ich die letzten Tage mehrere Mal in Gesellschaft der Arbeiter, die daselbst beschäftigt, gekommen war. Louison fragte mich, was ich da wollte. Ich schwieg und führte sie von Zimmer zu Zimmer. Sie war von der schönen Einrichtung entzückt. Dann rief ich den Portier herauf und fragte ihn in Louisons Gegenwart: wer diesen Pavillon so schön einrichten lasse? und wer ihn dann bewohnen solle? – »Der Marquis Villarson«, antwortete der Portier, »ein Savoyarde, will hier seine Geliebte, ebenfalls eine Savoyardin unterbringen.« – Louison erbleichte und wollte zum Hause hinausfliehen, ich aber hielt sie zurück und zwang sie, sich mit mir auf eines der seidenen Sopha's niederzulassen. Ich wußte, daß der Marquis kommen sollte, um das Appartement zu besichtigen. Er ließ auch nicht lange auf sich warten. Ein Phaethon fuhr vor, und bald darauf hörten wir die Stimme des Marquis in den vordern Zimmern, der zween seiner Freunde Erklärungen gab, welche Louison über seine Absichten allerlei Aufschlüsse gaben. Sie wollte aufspringen und ihm entgegeneilen; ihre Augen funkelten vor Wut, ihre Arme zitterten, ihre Finger zuckten. Ich hielt sie zurück.

Als der Marquis in Begleitung seiner Freunde bei uns eintrat und uns erblickte, stutzte er einen Augenblick, faßte sich aber bald und herrschte mir entgegen: Was ich da zu tun hätte; ich solle mich sofort packen!

– Das werde ich auch tun, antwortete ich, so bald ich Sie hier zu diesem Fenster hinausgeworfen habe. – So sprechend, hatte ich ihn auch schon um den Leib gefaßt, in die Luft gehoben und befand mich mit ihm auf dem Wege zum Fenster. Seine beiden Freunde warfen sich mir in den Weg und suchten mir meine Beute zu entreißen; vergebens. Ich hatte in diesem Momente eine Riesenkraft; den Marquis hielt ich so fest, daß er sich kaum winden konnte, und trotz aller Anstrengungen der beiden Herrn rückte ich Schritt vor Schritt dem Fenster entgegen. Der Marquis schrie, die Freunde schrieen, es war ein Höllenlärm. Mit einem Male aber mischte sich ein eigentümliches Geräusch in diesen Lärm und verwandelte sich das Geschrei der Herren in ein lautes Gelächter, das so herzlich, beinahe krampfhaft wurde, daß sie von der Verteidigung ihres Freundes ablassen mußten; ja, selbst der Marquis lachte trotz der kritischen Lage, in der er sich befand. Ich stutzte, ließ mit dem Vordringen gegen das Fenster in dem Maße nach, als der Widerstand sich minderte, und sah mich um; da stand Louison neben mir und ohrfeigte den Marquis mit solcher Schnelligkeit, solchem Ernst, solchem Eifer, daß es in der Tat unendlich komisch anzusehen war, daß ich selbst von dem allgemeinen Lachkrampf angegriffen wurde und den Marquis fallen ließ. Seine beiden Wangen waren schon dunkelrot und angeschwollen; trotzdem wälzte er sich lachend auf dem Boden. Louison stand neben ihm, sah zornig auf ihn hinab, die einzige ernste Person der Gesellschaft, immer bereit, wieder über ihn herzufallen, was das Komische der Lage nur noch erhöhte.

– Sie hatte ein Händchen wie eine Herzogin, schaltete hier der alte Marquis ein – o, ich erinnere mich ganz deutlich.

Indessen hatte der Lärm unten im Garten und auf der Straße seinen Widerhall gefunden, die Polizei kam, und da sie drei vornehme Herren und einen Savoyarden fand, überlegte sie sichs nicht lange, nach Art der Napoleonischen Polizei, fragte jene nur nach ihren Namen und führte mich als Gefangenen fort. Ich ging ganz ruhig, nie war mein Vertrauen in Louison größer als in dieser Stunde. Die Freunde rieten dem Marquis, mir wegen Mordversuchs einen Prozeß machen zu lassen, oder wenigstens dafür zu sorgen, daß ich in die Armee gesteckt und nach Österreich oder Spanien geschickt werde – er werde dann freien Spielraum haben, sich an mir rächen und mit Louison am Ende doch fertig werden. Aber ich war schon am nächsten Tage frei und wurde auch nicht in die Armee gesteckt – und beides dankte ich den Bemühungen des Marquis. Ja, er hatte sogar alle mögliche Mühe, um mich vom Soldatentum zu befreien, denn damals war es üblich, daß die Polizei, wo sie ihre Hand auf einen jungen Mann legte, die Gelegenheit benutzte, um die Armee Sr. Majestät zu vergrößern. Der Marquis mußte von Pontius zu Pilatus laufen, um Louison ihren Geliebten zu retten. Sehen Sie, er war eigentlich immer ein guter Mann!

Er war eigentlich immer ein guter Mann! wiederholte der Marquis trauernd, als spräche er von einem Toten.

Ich hatte auch wenig Lust, mich mit Österreichern und Spaniern zu schlagen, die mir kein Leides getan hatten; wohl aber verließ der Marquis bald nach jener Geschichte das Hofleben und trat in die Armee, wo er sich auch tapfer schlug, als ein echter Savoyarde, der er ist. Ich empfand das dringendste Bedürfnis der Gefahr, ein solches Mädchen wie Louison zu verlieren, ein für alle Mal ein Ende zu machen – und wir verheirateten uns kurzweg, ich mit wenigen Sous, sie mit etwas mehr Franken in der Tasche.

Nun, mein Herr, beginnt ein arbeitsvolles Leben, von dem ich Ihnen so wenig als möglich erzählen will. Ich war Aufseher der Arbeiter bei einem großen Unternehmer; nach einiger Zeit hatte ich den Mut zu kleinen Unternehmungen auf eigene Faust. Ich wußte, wie man mit Hülfe der berufenen Leute Straßen, Dämme u. dergl. baute, Kanäle grub, Steinbrüche ausbeutete, und ich begann mit kleinen Ersparnissen und mit dem Kredit meines Landsmannes, des Bankiers ~... Nach einigen Jahren legte ich schon Kapitale in sein Geschäft, und ehe ich mich dessen versah, war ich Bankier und Unternehmer zugleich. Unter Napoleon hatten die Seehäfen sämtlicher französischer Küsten, immer von den Engländern blockiert, brach und öde gelegen und waren während der Zeit verfallen, versandet, zum Teil zerstört. Jetzt mußten Deiche, Dämme, Werften und was dazu gehört, gebaut, ganze Strecken entsandet und zu all dem Schiffe konstruiert werden. Ich hatte beinahe überall mein Teil, denn ich gebot über eine kleine Armee von Arbeitern, die mich als den Ihrigen betrachteten und lieber bei mir als bei andern arbeiteten. Ich gewann große Summen als Unternehmer, und diese Summen machten Junge in unserm Bankhause. Wir wohnten in der Chaussée d'Antin in einem prächtigen Appartement, in dem wir manchmal noch viel reichere Leute, als wir selbst waren, empfingen – aber wenn die Leute fort waren, zogen wir uns in ein kleines Hinterstübchen mit einfachen Möbeln zurück, in dem wir uns heimisch fühlten. Dort sprach ich auch den Dialekt unserer Berge, den Louison auch in dem prächtigen Appartement gebrauchte. Dort sprachen wir viel von unserer Heimat, dahin wir uns endlich zurückziehen wollten, und Louison vergaß dabei niemals das »Schloß«. Der Marquis war wie von der Erde verschwunden; wir hörten erst spät, daß er jetzt am Hofe von Turin lebe, da Turin nach dem Falle Napoleons wieder die Hauptstadt Savoyens geworden. Und wieder nach Jahren liefen durch unsere Komptoirs zu wiederholten Malen große Wechsel und Schuldverschreibungen, die mich an ihn erinnerten, da sie seine Unterschrift trugen. Wenn ich Louison davon erzählte, sagte sie ruhig: Wir bekommen noch sein Schloß, wie ich es ihm versprochen habe. Das ist gut, dann brauchen wir nicht erst ein neues zu bauen.

Und so ist der Mensch: die Gelder flossen zu, die Jahre flossen ab. Ich stak immer so tief in Geschäften, daß an ein Abbrechen und Abrechnen nicht zu denken war – und mein Associé, der brave P..., dessen Namen Sie wohl kennen, meinte immer, es gehe zu gut, um aufzuhören, und es werde schon eine Zeit kommen, die sich von selbst als geeigneten Schlußpunkt ankündigen werde. Geldmachen ermüdet nicht, und an das

Alter denkt man nicht, als bis es da ist. Es geht mit der Jugend wie mit der Gesundheit; man denkt an diese erst, wenn man krank, und an jene, wenn man alt ist. Mit einem Male ist man alt. Aber zwei Menschen, die von Kindesbeinen an neben einander einherliefen und deren Liebe nicht altert und die einander immer so sehen, wie damals, als sie einander zu lieben anfingen, die merken es am spätesten. Erst die große Revolution vom Jahre 1848 konnte P... überzeugen, daß der Schlußpunkt gekommen sei, und erinnerte uns, Louison und mich, daß wir alt geworden. Sind wir doch aus Savoyen ausgezogen, als man noch vor Robespierre und der Guillotine Angst hatte. Aber hélas! Louison lag auf dem Krankenbette, auf dem Sterbebette. Sprechen wir nicht davon. Eine Stunde vor ihrem Tode mußte ich ihr versprechen, in unser Tal zurückzukehren und das Schloß zu kaufen, denn der Marquis war gänzlich ruiniert, die Revolution hatte ihm den letzten Stoß gegeben, und sein Gut wurde von den Gläubigern an den Meistbietenden losgeschlagen. Sie beschwor mich, gleich nach ihrem Tode abzureisen, damit mir das Schloß ja nicht entgehe. Ich versprach alles, und ruhig lächelnd schloß sie die Augen. Ich begrub sie neben dem Monument, das ich der guten Frau v. Montarcy hatte errichten lassen, und eilte in das Tal zurück, das ich an ihrer Seite und unter den Schlägen des Marquis vor beinahe sechzig Jahren verlassen hatte.

Herr Laurens stützte die Ellenbogen auf den Tisch und legte das Gesicht in beide Hände. Der Marquis schlief und lächelte im Schlafe. Der ruinierte, abgelebte, in die Kindheit schwächlichsten Greisentums versunkene Kavalier schien mir glücklicher, als der kräftige alte Mann, der sein Leben in frischer Arbeit und Tätigkeit und liebend und geliebt verbracht hatte; der sein Ideal erreichte, aber allein und zu spät.

Nach einer im Verhältnis zu seiner Erregung kurzen Pause fuhr Herr Laurens mit fester Stimme fort: Mich tröstet eines: nämlich, daß Louison sich in dem Schlosse so wenig heimisch gefühlt hätte wie ich. Ich kaufte eben das Schloß zu einem außerordentlich geringen Preis, es kostete mich nicht den vierten Teil meiner Jahresrente. Der Marquis verließ es lächelnd, während ich trauernd einzog. Er nahm die Hütte, die meiner Mutter gehört und die seit ihrem Tode leer gestanden hatte; ich nahm das Schloß seiner Ahnen. Aber hieher zurückgekehrt, fühlte ich mich ganz als das, als was ich die Berge verlassen hatte, als den Sohn jener Hütten, und mit Sehnsucht sah ich hinab auf die elenden Dächer – mit Neid ging ich an dem Häuschen vorbei, in dem der Marquis wohnte. Ich besaß das Schloß, der Traum Louisons war verwirklicht, ihr Letzter Wille befolgt; wenn an ihrem Wunsche, das Schloß zu besitzen, einiges gegen den Marquis gerichtete Rachegefühl Teil hatte, so würde sie, das war ich überzeugt, dieses Gefühl gänzlich zum Schweigen gebracht haben, wenn sie den ehemals wilden und übermütigen, aber eigentlich nie bösen Gesellen in seinem jetzigen Zustand gesehen hätte. Was tat ich, nachdem ich das alles erwogen? Das Häuschen des Marquis hatte zwei Stuben, ich mietete ihm die eine ab und bin nun sein Mietsmann. Ich bot ihm das Schloß zur Wohnung an, er lehnte es lächelnd ab. Verkauft ist verkauft, sagte er. Im Grunde wollte er sich keine Wohltaten erweisen lassen, er gestattete aber, daß ich das Häuschen wohnlich einrichten ließ. Und so hausen wir zusammen, und sein Umgang ist mir der liebste, denn er hat Louison in ihrer Blüte gekannt und – wie immer – sie doch geliebt. Jetzt wollen wir ihn in sein ehemaliges Bett bringen lassen und dann: gute Nacht!